ORAISON FUNÈBRE

DE SON ALTESSE ROYALE

CHARLES-FERDINAND D'ARTOIS,

FILS DE FRANCE,

DUC DE BERRY,

PRONONCÉE

DANS LA SÉANCE SOLENNELLE DU GRAND ORIENT DE FRANCE,

Le 24 Mars 1820,

En présence de LL. Exc. les Maréchaux de France,
Marquis de Beurnonville et duc de Tarente.

PARIS,

DE L'IMPRIMERIE DE J.-L. CHANSON,

RUE DES GRANDS-AUGUSTINS, N° 10.

Avril 1820.

ORAISON FUNÈBRE

DE SON ALTESSE ROYALE

CHARLES-FERDINAND D'ARTOIS,

FILS DE FRANCE,

DUC DE BERRY.

———

Messieurs,

Si le plus grand de nos orateurs chrétiens fit frémir autrefois une Cour éplorée, en annonçant la mort d'une aimable Princesse par ces terribles paroles « *Madame se meurt, Madame est morte!* » Quelle terreur ne répandit pas dans Paris, et bientôt dans la France entière, cette effroyable nouvelle qu'apporta la nuit du 13 février 1820 : « *Bourbon* » *se meurt, Bourbon est mort!* » A ce cri qui pénètre jusqu'aux lieux où le plaisir rassemblait les heureux du jour, l'effroi succède aux amusements, la douleur et les larmes remplacent les jeux et la gaîté ; les uns courent s'assurer d'un malheur dont ils voudraient pouvoir douter ; les autres se renferment dans le sein de leur famille, pour s'y livrer en liberté à toute l'amertume de leurs regrets : ceux-là tremblent qu'un si funeste évènement ne menace la France d'un bouleversement général, ceux-ci appellent la vengeance sur la tête de l'exécrable assassin qui a osé porter sa main criminelle sur un Prince objet de leur amour, et tous s'écrient avec l'accent d'une douleur déchirante : « *ô nuit désastreuse ! ô nuit* » *effroyable ! Bourbon se meurt, Bourbon est mort !* »

Dans un moment où la France entière est frappée d'une morne consternation, où ces pompes funèbres attestent par leurs voiles lugubres le deuil de vos cœurs, pourquoi avez vous imposé à mon ame désolée le pénible devoir d'exprimer ici les regrets que vous cause la mort d'un Prince si chéri ? Comment, au milieu des larmes que sa mort fait encore couler, au milieu des sanglots que le temps n'a point encore adoucis, pourrai-je trouver des expressions assez nobles pour peindre ses vertus, assez touchantes pour faire parler vos douleurs ?

N'attendez pas de moi, Messieurs, que je déroule à vos yeux l'histoire d'une vie qui n'a semblé vouée au malheur que pour faire briller davantage la constance héroïque, et la pieuse résignation d'une ame magnanime. Je laisse à ces bouches éloquentes, accoutumées à faire entendre aux hommes la parole d'un Dieu , le soin de louer dignement celui que le ciel n'a sans doute enlevé si rapidement à la terre , que pour le faire jouir plus tôt du bonheur réservé à la vertu. Mais si ma faible voix ne peut lui payer le juste tribut d'éloges qui lui est dû, mon cœur plein du regret de sa perte, mêlera ses gémissements aux vôtres. Nous parlerons de ce Prince bien-aimé ; nous nous attendrirons sur ses malheurs ; nous bénirons cette bonté qui le faisait chérir de tous ceux qui l'approchaient ; et nous adresserons au souverain maître de l'univers , des vœux fervents pour qu'il accueille, au sein de sa grandeur infinie , celui pour qui les grandeurs de la terre n'ont été qu'une longue et douloureuse épreuve. C'est encore un bien pour l'ame abattue par la douleur , que de parler de l'objet de ses regrets : en vous faisant lire ce qui se passe dans mon cœur , les vôtres répondront à ma tristesse, et nos larmes, en se confondant, seront le plus bel éloge du Prince que nous regrettons.

Loin d'ici toutes considérations politiques ! Loin toutes ces discussions qui ont envahi la Société toute entière, mais que vous avez toujours soin de bannir de vos temples ! Que toutes les passions expirent sur la tombe de ce Prince adoré ! Factieux de tous les partis , respectez la paix des tombeaux !

que le sentiment seul fasse entendre sa voix ! les regrets qu'il exprimera sont la suite inséparable de notre amour pour cette famille auguste , que tant de malheurs et de vertus recommandent aux cœurs des Français.

Pourquoi faut-il qu'il y ait des êtres qui , dès leur enfance , semblent voués au malheur ? J'aurais presque dit que c'est-là notre commune destinée. En effet , ceux qui naissent dans l'indigence , après avoir traîné péniblement leurs misérables jours , expirent le plus souvent dans la détresse et l'abandon ; et ceux que le hasard de leur naissance appelle à la fortune , aux grandeurs , à toutes les jouissances de la vie , ne semblent élevés si haut , que pour être exposés aux plus terribles catastrophes. Leurs grandes qualités même ne les sauveront pas toujours des atteintes de l'adversité : nous allons en voir de terribles exemples dans la vie de S. A. R. CHARLES-FERDINAND D'ARTOIS , DUC DE BERRY , FILS DE FRANCE.

Petit-fils de Louis XIV et de Henri IV , issu par sa mère des rois de Sardaigne , quelle naissance pouvait égaler la sienne ! et quelle riante perspec-

live de gloire et de prospérité ne devait pas s'ouvrir
devant ses pas, à son entrée dans la vie ! Mais au
milieu de ces brillantes espérances, déjà grondaient,
autour de son berceau, ces vents précurseurs des
orages, qui devaient plus tard livrer la France à
d'effroyables tempêtes. Son enfance toutefois s'é-
coula doucement au sein d'une Cour, où l'exemple
des vertus était donné par un Roi, qui ne voulait
régner que par la bonté, et ne pouvait être heureux
que par le bonheur de ses sujets. A peine le duc de
Berry avait-il atteint sa onzième année, qu'éclata
cette Révolution qui, s'appuyant d'abord sur les
plus séduisantes théories, et soutenue par le suf-
frage de quelques beaux génies, amena bientôt en
réalité les plus horribles forfaits, et livra la France
entière aux assassins et aux bourreaux. Trop jeune
pour prendre une part active dans ces grands dé-
bats politiques, le duc de Berry commença cepen-
dant, dans l'âge de l'innocence, à sentir l'approche
du malheur. Forcé de s'exiler des lieux qui l'avaient
vu naître, il quitta en pleurant ce château de Ver-
sailles, qu'avait embelli à ses yeux les jeux de son
enfance, et qui était encore plein de la gloire de ses
aïeux. Soumis aux ordres de son Roi, il se rendit à
Turin, dans le sein de la famille de sa mère, s'indi-

gnant déjà de la faiblesse de son âge, et appelant de tous ses vœux l'instant où il lui serait permis de combattre les ennemis de la France et du trône.

N'exigez pas, Messieurs, que je suive ce jeune Prince dans tous les lieux de son exil. Il y fit un long et pénible apprentissage du malheur, mais il y développa ce caractère martial, mélange heureux de courage et de bonté, de confiance et de loyauté, qui rappelait l'esprit de notre ancienne chevalerie. Si la vivacité de son âge, compagne inséparable de la valeur, l'entraînait parfois au-delà des bornes de la froide modération, la bonté de son cœur savait bientôt réparer les fautes que son ame ardente lui avait fait commettre. N'est-ce pas là, Messieurs, le plus haut degré de prudence auquel l'humanité puisse atteindre ? Ne faire aucune faute, est une perfection idéale dont notre faiblesse n'est pas susceptible ; mais savoir réparer celle qu'on a commise, est un avantage qui n'appartient qu'à ces ames nobles et généreuses, qui sentent assez leur supériorité pour ne pas craindre de se dégrader en avouant quelques torts, et qui possèdent assez de bonté pour ne vouloir jamais causer aux autres un chagrin non mérité. Le duc de Berry ne craignit pas de s'abaisser en descendant de son rang suprême, pour offrir à ceux que ses réprimandes trop vives avaient pu blesser, toutes les réparations que l'honneur exige et que l'honneur peut accorder. Aussi, interrogez tous ceux qui ont habité les camps avec lui, ils vous repondront aujourd'hui par leurs larmes, et quand leur voix pourra se faire entendre à travers leurs sanglots, ce sera pour rendre un éclatant hommage à la franchise, à la cordialité du Prince dont ils bénissent la mémoire.

Ferai-je ici l'éloge de sa valeur? Bourbon et Français le courage pouvait-il ne pas être chez lui une vertu innée?

Oui, brillante valeur, noble qualité des héros, toi qui sais affronter les périls, et ne sais pas compter tes ennemis, toi qui as la gloire pour mobile et pour but la victoire, conserve à jamais ton empire sur le cœur des Français! C'est par toi que leur belle renommée a rempli le monde. Soit qu'accumulant les couronnes sur la tête de nos guerriers, tu les conduises au triomphe à travers les dangers et les horreurs de la guerre; soit que recommandant le malheur à la générosité, tu saches encore obtenir les respects et la bienveillance pour le héros que la fortune a trahi, l'admiration et la reconnaissance te dressent partout des autels. Puisse-tu désormais ne marcher que sous l'escorte de la prudence et de la justice, sous les bannières de l'honneur et de la fidélité, et n'avoir à combatre que pour le salut de la patrie !

Dans cette longue liste des Princes de la maison de Bourbon, que la valeur recommande au burin de l'histoire, le nom du duc de Berry ne sera point oublié. Il trouvera aussi sa place dans les fastes de la gloire.

Une vertu plus douce, et plus nécessaire au bonheur des hommes, c'est la bonté : c'est cette favorable disposition du cœur, qui ne permet pas de voir un malheureux, sans éprouver le besoin de le soulager. Combien pourrai-je citer de traits admirables de cette disposition heureuse, qui savait gagner au duc de Berry tous les cœurs? Protecteur généreux de toutes les associations de bienfaisance, sa charité attentive ne laissait pas échapper une seule occasion de verser ses largesses sur l'indigence. Que ne puis-je appeler à cette pieuse cérémonie tous les malheureux qu'il a secourus, tous les infortunés que ses bienfaits ont rendus à la vie et au bonheur ! Quel concert unanime de reconnaissance retentirait dans cette auguste enceinte ! Président de la société philantrophique, chef suprême de l'association paternelle des chevaliers de Saint-Louis, il était appelé, par vos vœux, à la grande maîtrise de votre respectable institution, ordre révéré qui, voué spécialement à l'exercice de toutes les vertus, devait voir un jour à sa tête celui qui savait si bien les pratiquer. Quel bonheur pour nous, si nous avions pu nous livrer à nos travaux sous les yeux d'un tel maître! Il y avait consenti. Son cœur ne pouvait être étranger à rien de ce qui est bon et utile. Et quelles jouissances pures n'eût-il pas trouvées au milieu de nous! Avec quel attendrissement il eût entendu l'expression de notre respectueux amour pour le Monarque révéré qui nous gouverne! Il eût mêlé sa voix aux nôtres, dans les vœux que nous exprimons chaque jour pour la prospérité du règne de Louis XVIII, et pour le bonheur de la France inséparable de celui des Bourbons. Vains souhaits! Regrets inutiles! La mort a détruit toutes nos espérances, et a répandu sur notre ordre entier le deuil et la consternation. Pour juger combien ce Prince était pénétré des vertus que vous chérissez, voyez avec quel zèle il suivait les préceptes de votre sainte loi. La bonté, chez lui, n'était pas l'effet de la faiblesse du caractère, elle était active, agissante, et allait au-devant des occasions.

Le jour même , où un fer assassin a tranché le cours d'une aussi belle vie , s'entretenant avec sa jeune épouse des bals brillants auxquels ils étaient invités , il s'interrompt en disant : *C'est fort bien ; mais , tandis que les riches s'amusent, il faut que les pauvres vivent.* Et il envoya un billet de mille francs , au bureau de charité. Ainsi cette bienfaisance ne l'abandonnait pas même au milieu des fêtes et des plaisirs dont il était sans cesse entouré. Plus de 3oo,ooo fr. étaient prélevés chaque année sur ses revenus , pour les pauvres. On aimait à l'entendre se plaindre , en souriant, au maire de son arrondissement, de ce que, depuis long-temps, il ne lui avait rien demandé pour ses indigents. Reproche touchant ! Et que restait-il à solliciter par ce magistrat , puisque le Prince prévenait tous les besoins , allait au-devant de toutes les sollicitations , et donnait toujours beaucoup plus qu'on n'aurait osé lui demander ? Un Prince , qui n'est point appelé aux soins du Gouvernement , ne peut sans doute mieux employer ses loisirs qu'à protéger les arts , dont la gloire rejaillit sur lui. Amateur éclairé , le duc de Berry connaissait tout l'éclat que les productions du génie savent répandre sur un empire. Il ne rappelait pas sans enthousiasme les beaux siècles des Pé-

riclès, des Médicis, des François Ier et des Louis XIV.
Siècles brillants, qui attestent l'influence des arts
pour immortaliser ceux qui les protégent. Si le duc
de Berry eût été secondé par les circonstances, son
goût pur l'eût associé à la gloire de ces noms, que
les arts ont rendus fameux ; mais il ne voulut jamais
que les sommes, destinées à la satisfaction de ce
goût utile, fussent un sacrifice fait à la vanité aux dé-
pens de la bienfaisance ; seulement, autant que sa
fortune le permettait, il encourageait les talents,
excitait leur émulation, favorisait leurs travaux, et
leur ouvrait ainsi le chemin de l'opulence et de la
gloire. Combien ai-je entendu d'artistes raconter,
avec orgueil et attendrissement, l'accueil honorable
qu'ils avaient reçu de lui ! Je voyais, en les écoutant,
briller dans leurs yeux les larmes de la reconnaissance. Il cultivait lui-même avec succès ces arts qu'il
chérissait, et ce même cor (*), dont les sons plaintifs viennent d'attendrir vos ames, a jadis fait entendre sous les lèvres de ce Prince les accords du plaisir
et de la gaîté. Heureux du moins l'artiste qui n'ap-
prochant sa bouche de cet instrument précieux qu'a-

(*) M. Vogt venait d'exécuter un morceau sur le cor anglais
dont se servait le duc de Berry, et dont la duchesse fit présent
à cet artiste après la mort du Prince.

vec un religieux respect, saura lui faire soupirer désormais les accents de la gratitude et du regret !

Entrerai-je dans l'intérieur du palais habité par
le duc de Berry? C'est-là qu'un Prince est jugé à
chaque instant par ceux qui l'entourent, et que ses
serviteurs nombreux se dédommagent de leur rang
subalterne par le plaisir de remarquer, avec une ma-
ligne curiosité, tout ce qui peut prêter à la critique
dans leur maître. Ici tout est d'accord. Tous chéris-
sent ce ton franc et loyal, ces manières ouvertes et
amicales, et surtout cette noble confiance, aussi honorable pour celui qui l'accorde que pour celui qui
l'obtient. Si sa vivacité exposait quelquefois ses officiers à des réprimandes promptes et sévères, les
fautes étaient si vite oubliées, et la bonne conduite
si bien récompensée, que chacun se félicitait du bonheur de servir un tel Prince.

L'ordre et l'économie, vertus si rares dans le palais des grands, lui donnaient les moyens de te-
nir dignement son rang, et de faire beaucoup de
bien, sans jamais éprouver le moindre embarras;
qualité bien précieuse dans un Prince qui pouvait
être appelé à gouverner la France.

Pouvait-on surtout ne pas être attendri de son
amour pour la vertueuse épouse qui lui avait con-

fié son bonheur? Combien de fois n'a-t-on pas entendu cette jeune Princesse, que tant d'amabilité et de vertus décorent, se féliciter de voir son sort uni à celui d'un Prince qui semblait ne respirer que pour elle? Il l'accompagnait partout, il dirigeait les études qu'elle voulait perfectionner, et lui prodiguait sans cesse les soins, les égards, les attentions les plus délicates. Peut-être le funeste événement dont elle gémit n'eût-il pas attristé la France, si moins empressé pour sa tendre compagne, il n'eût pas voulu escorter son départ jusqu'à sa voiture. Le désespoir où la perte d'un époux si cher a plongé cette aimable Princesse, les embrassements qu'elle lui a prodigués à ses derniers moments, les larmes qu'elle a versées sur sa blessure, et celles qu'elle ne cesse de répandre sur sa tombe, attestent invinciblement combien il sut la rendre heureuse.

Et cette enfant chérie, doux fruit de leurs amours, de combien de soins et de caresses n'avait-elle pas déjà été l'objet! hélas! privée dès son berceau de la tendresse d'un si bon père, elle ignorera toute sa vie les douceurs qu'une fille bien-aimée peut trouver dans les bras paternels. Elle ne connaîtra celui qui lui donna le jour que par les larmes de sa mère, les regrets de la France entière, et le récit des bonnes actions dont ce prince nous laisse la mémoire. Ah!

cachez lui long - temps la perte immense qu'elle a faite.

On remplace un ami, son épouse, une amante,
Mais un vertueux père est un bien précieux
Qu'on n'obtient qu'une fois de la bonté des dieux.

Pourquoi nous arrêter si long-temps sur les objets particuliers des affections du duc de Berry? la France entière n'avait-elle pas toute sa tendresse? et l'amour de la patrie ne respirait-il pas dans tous ses discours, comme dans toutes ses actions? A peine a-t-il mis le pied sur le sol de son pays, qu'on l'entend s'écrier : « Je te revois, chère France. Mon cœur est plein des » plus doux sentiments ; nous n'apportons que l'oubli » du passé, la paix et le désir du bonheur des Fran- » çais ». Touchantes paroles qui promettaient à la France un protecteur, un appui, et la consolait de ses maux par l'espérance d'un heureux avenir.

L'équitable histoire gravera dans ses annales tous les traits de cette naïveté franche, de cet enthou- siasme chevaleresque, qui marquèrent tant de beaux moments dans sa vie, et qui rappelaient ce bon Henri, dont il était si digne de descendre. Hélas ! pourquoi fallait-il que cette ressemblance allât jus- qu'à tomber comme lui sous le fer d'un assassin ! S'il partagea quelques-unes des erreurs de ce bon Roi, combien de fois ne sut-il pas, comme lui, animer le courage et la fidélité de ces braves guerriers, qui, accoutumés à combattre sous un chef qui les avait tant de fois conduits à la victoire, ne quittaient qu'avec peine les drapeaux compagnons de leurs travaux et de leur gloire! Il visitait les soldats dans leurs casernes, se mêlait avec eux, s'occupait d'améliorer leur sort, conversait avec les chefs, et laissait à chaque instant échapper de ces mots heureux, qui peignaient à la fois son ardeur guerrière, sa touchante cordialité, et surtout cet amour de la patrie dont son cœur était sans cesse animé.

Bornons nos citations à un seul trait entre mille.

A son arrivée en France, on lui conseillait de prendre une route détournée, afin d'éviter un régiment de cavalerie, qui n'avait point encore reconnu l'autorité du Roi; « En me jetant au milieu des Fran- » çais, répond-il, je puis trouver quelques ennemis, » je n'y trouverai jamais un assassin ».

Ame pure et loyale! ta confiance magnanime ne pouvait pas même soupçonner la scélératesse dont tu péris la victime! Sans s'arrêter aux objections qu'on lui présente, le duc de Berry marche droit à ce régiment. « Braves soldats, leur dit-il, je suis le duc » de Berry. Vous êtes le premier régiment que je ren- » contre; je suis heureux de me trouver au milieu de

2

» vous. Je viens ; au nom du Roi mon oncle , recevoir
» votre serment de fidélité. Jurons ensemble, et crions
» *vive le Roi !* » Les soldats répondent à cet appel.
Une seule voix fait entendre le cri de *vive l'Empe-
reur !* « Ce n'est rien, dit le Prince, c'est le reste d'une
» vieille habitude ; répétons encore une fois *vive le
» Roi !* » et cette fois tous ces guerriers, électrisés par
son enthousiasme, répètent à l'unanimité le cri chéri
des Français.

S'il demande quel motif attachait les soldats à leur
ancien chef, ceux-ci répondent : « il nous conduisait
» à la victoire ». « Parbleu, s'écrie le Prince, cela était
» bien difficile avec des braves tels que vous ». Mot
heureux, qui ennoblit le soldat à ses propres yeux,
et devait l'attacher pour jamais au Prince guerrier,
qui lui montrait tant d'estime et de confiance.

Et c'est un Prince doué de tant d'excellentes qualités, si généreux envers les pauvres, si bon pour
ceux qui méritaient son estime, si tendre pour son
épouse et ses enfants, si fidèle et si soumis à son Roi,
si plein d'honneur et de loyauté, si attaché et si cher
à sa patrie, enfin si bon Français, qui a pu trouver
dans Paris un assassin ! Pendant vingt-cinq ans d'exil
et de proscription, les nations étrangères l'ont ac-
cueilli avec le respect et la bienveillance que méri-

taient ses vertus ; et c'est au milieu de son pays,
parmi ceux qu'il appelait ses enfants , au sein d'une
patrie dont il ne respirait que la gloire et le bonheur,
qu'il tombe frappé d'un coup mortel ! Et quel reproche mérita-t-il du barbare qui osa porter sur lui
sa main impie ? Celui de pouvoir perpétuer une race
auguste, à laquelle la France a dû deux cents ans
de prospérité. Non, la rage du crime n'avait point
encore été portée à ce comble d'atrocité. Un fanatique
religieux croit, dans sa sombre fureur, voir le ciel
ouvert lui offrir, pour prix de son forfait, la palme
du martyre , mais l'exécrable assassin, dont l'attentat
nous prive d'un Prince adoré, est si profondément
scélérat, qu'il n'a eu besoin d'être animé ni par la
vengeance, ni par la jalousie, ni par le fanatisme.
Monstre de perversité ! nous ignorerions, sans toi ,
jusqu'à quel point de dépravation peut descendre la
nature humaine. Va, la France qui se glorifie de son
amour pour son Roi, te rejette avec horreur de son
sein.

Attristerai-je encore vos regards par le tableau dé-
chirant des derniers moments de S. A. R. ? Hélas !
vous ne savez que trop combien ses souffrances furent
douloureuses, et combien la sérénité de son ame fut
imperturbable.

Esquissons néanmoins cette scène de douleur ,
puisque nous y trouverons encore plus d'une occasion
d'admirer la belle ame du duc de Berry.

Frappé du fer homicide , il le retire avec courage
de son sein , et le sang jaillit jusque sur l'infortunée
Princesse , qui se précipite de sa voiture pour recevoir dans ses bras son époux expirant. Quel specta-
cle ! Dans le temple des arts, dans ce cirque où les
Muses célèbrent leurs fêtes les plus brillantes, ce Prince
est rapporté avec la mort dans le cœur. Il était venu
y chercher le plaisir, il y a rencontré le trépas. Il
inonde de son généreux sang ces lieux où il venait
de recevoir de tout un peuple les témoignages de
la satisfaction qu'apportait sa présence ; et tandis que
tout pleure et gémit autour de lui , l'enceinte du théâ-
tre voisin retentit encore des applaudissements de la
multitude enchantée. Grand Dieu ! Comme le ciel se
joue de nos destinées ! Il semble que le sort se plaise
à frapper ses coups les plus funestes dans le sein de
la joie et des plaisirs. Terrible leçon ! Envierons-nous
encore le bonheur des Rois ? Ah ! plutôt tâchons de
les dédommager , par tout notre amour , des revers
auxquels exposent les grandeurs.

En vain on s'empresse de prodiguer à cet excel-
lent Prince tous les secours que son état exige ; l'art

est impuissant, le zèle est inutile. Certain qu'il ne peut échapper à la mort, le duc de Berry conserve ce calme d'un ame supérieure, et son inépuisable bonté ne l'abandonne pas un instant. Si un chirurgien zélé veut chercher à le soulager en suçant sa plaie : « Que faites-vous, lui dit-il, en s'y opposant, » elle est peut-être empoisonnée ». Noble sollicitude ! s'écrie l'auteur d'une relation de ce funeste événement ; qu'il eût été bon Roi celui qui, aux portes du tombeau, ne s'occupe que du danger que peut courir un Français en cherchant à lui sauver la vie ! Avec quelle douceur il témoigne sa reconnaissance des efforts qu'on fait pour le soulager ! Mais surtout, quel langage d'amour et de regret pour l'épouse désolée qui soutenait sa tête affaiblie ! Comme il lui recommande de ne pas se laisser succomber à sa douleur ! Comme il la conjure de veiller avec soin sur le dépôt précieux qu'elle portait dans son sein ! il veut revoir tout ce qui lui fut cher : et après avoir versé quelques pleurs sur sa fille bien-aimée, il demande aussi ses autres enfants, qui du moins peuvent entendre sa voix ; et les derniers mots qu'il leur adresse sont une recommandation d'être toujours fidèles à la vertu. Il remplit les devoirs que sa religion lui prescrit, dans cet affreux mo-

ment, avec une résignation et une ferveur exem-
plaires. Il ne craint pas de s'abaisser en demandant
à tous ceux qui l'entourent, pardon des torts qu'il
peut avoir eus envers eux. Il s'humilie surtout devant
le Dieu puissant, en présence duquel il va bientôt
paraître. En priant pour lui-même, il invoque aussi
le pardon de son assassin. Mais ce n'est point assez
pour lui d'implorer, en faveur du meurtrier, la clé-
mence divine, il veut voir le Roi : et quand cet infortuné Monarque arrive auprès de son neveu expirant :
« Grâce, Sire, s'écrie-t-il, d'une voix presqu'éteinte,
» grâce pour l'homme qui m'a frappé ». Il ne pro-
nonce pas même le mot d'assassin. En vain le Roi,
qui sent qu'un grand exemple est nécessaire, élude
de répondre en rassurant le duc ; il réitère plusieurs
fois sa prière : « Grâce au moins de la vie, disait-il,
» et je mourrai en paix ».

Enfin, les forces s'épuisent, et au milieu de sa
famille désolée, au milieu de ses officiers en pleurs,
il s'écrie encore une fois : *O France! ô malheu-
reuse patrie !* et il expire (*).

_____

(*) L'auteur n'a point essayé de peindre la douleur de Monsieur.
Il sait par une funeste expérience que nulle expression ne peut
rendre le désespoir d'un père qui vient de perdre un enfant
chéri.

Ainsi , ses derniers mots furent encore pour cette France dont il aurait voulu pouvoir assurer le bonheur.

Ah ! pleurons , Messieurs , pleurons un Prince généreux , qu'animaient tant de bons sentiments , qu'illustraient tant de vertus. Que la France entière joigne ses larmes amères à celles de sa famille éplorée !

Vous surtout, Messieurs , vous qui , dans chacune de vos solennités , ne manquez jamais d'adresser vos vœux à l'Éternel pour cette famille respectable et chère , à laquelle est attaché le sort de ce Royaume , donnez un libre cours à votre affliction. Si je l'ai trop faiblement exprimée, ces pompes funèbres, ces lampes sépulcrales , ces parfums précieux , qui portent jusqu'au pied du trône du Tout-Puissant nos hommages et nos vœux , cette lugubre harmonie , dont les sons plaintifs , en se prolongeant sous ces sombres voûtes , portent dans les ames une douloureuse émotion , tout ici parle plus éloquemment que moi de vos regrets : mais ce qui les exprime plus fortement encore, c'est le concours nombreux de tant d'illustres personnages que cette pieuse cérémonie a réunis dans cette enceinte ; c'est la sincérité et l'abondance des pleurs que j'y vois répandre ; c'est la vertueuse indignation qui se manifeste contre le meurtrier : voilà les preuves irrécusables des sentiments pénibles dont vos ames sont affectées. Ah ! que votre tristesse, si profondément sentie, soit pour notre infortuné Monarque un gage de plus de notre respectueux amour ! Qu'il lise dans nos cœurs que nous partageons ses souffrances, et que, pour les adoucir, il n'est aucun de nous qui ne donnât sa vie.

Souverain arbitre du monde, toi dont nous devons adorer les desseins, même quand tu nous retires ta bonté, reçois dans ton sein cette auguste victime ; rejoins sa grande ame à celle de ses illustres aïeux, et accorde leur un bonheur que doivent leur mériter, et leurs vertus, et les maux qu'ils ont soufferts sur la terre !

Et toi, ombre révérée, obtiens de ce maître de l'univers que le sacrifice de ta vie soit enfin le dernier malheur qui pèse sur notre patrie ! N'avons-nous pas, par assez de douleurs, satisfait à la vengeance céleste ? Que ce Dieu désarmé répande sur les précieux restes de ta famille, la paix et la consolation, afin qu'elle puisse remplir le noble but de tous ses vœux, en assurant pour toujours le bonheur de la France.

FIN.